Analyse de l'œuvre

Par Laure De Caevel
et Florence Balthasar

La Part de l'autre

d'Éric-Emmanuel Schmitt

lePetitLittéraire.fr

Rendez-vous sur lepetitlitteraire.fr et découvrez :

Plus de 1200 analyses
Claires et synthétiques
Téléchargeables en 30 secondes
À imprimer chez soi

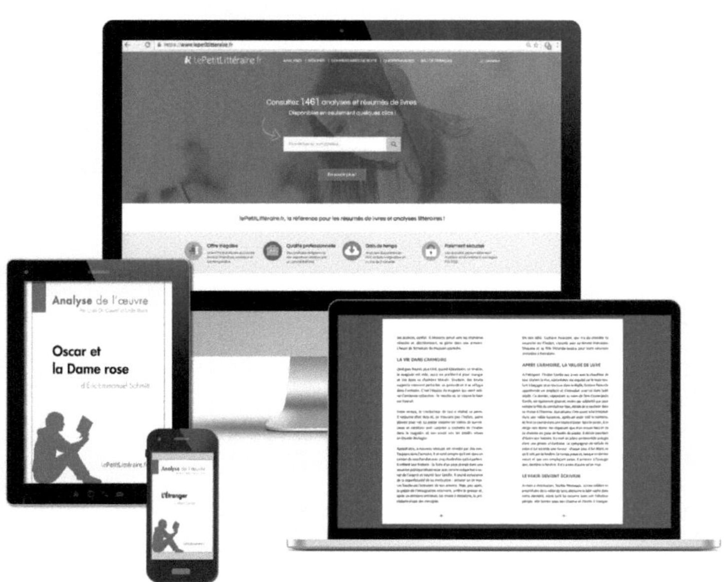

ÉRIC-EMMANUEL SCHMITT

ÉCRIVAIN FRANCO-BELGE

- **Né en 1960 à Sainte-Foy-lès-Lyon (Rhône)**
- **Quelques-unes de ses œuvres :**
  - *La Secte des égoïstes* (1994), roman
  - *Oscar et la Dame rose* (2002), roman
  - *La Femme au miroir* (2011), roman

Éric-Emmanuel Schmitt, agrégé de philosophie, est l'un des auteurs français les plus lus dans le monde. Il vit à Bruxelles et a débuté sa carrière d'écrivain au théâtre avec *La Nuit de Valognes* (1991), variation sur le mythe de don Juan, et *Le Visiteur* (1993), pièce dans laquelle Freud (médecin autrichien, fondateur de la psychanalyse, 1856-1939) reçoit la visite d'un homme énigmatique qui prétend être Dieu lui-même.

Tout en continuant à écrire pour le théâtre, Schmitt compose aussi des romans (*La Part de l'autre*, 2001), des nouvelles (*Odette Toulemonde et autres histoires*, 2006) et même une autofiction (*Ma vie avec Mozart*, 2005). Récemment, il s'est mis derrière la caméra et a adapté au cinéma deux de ses œuvres, dont *Oscar et la Dame rose* (2009).

LA PART DE L'AUTRE

CES VIES QU'ON POURRAIT VIVRE

- **Genre :** roman
- **Édition de référence :** *La Part de l'autre*, Paris, Albin Michel, 2005, 473 p.
- **1re édition :** 2001
- **Thématiques :** art, destin, guerre, sexualité, amour, Hitler

Si Adolf Hitler (homme d'État et idéologue allemand, 1889-1945) n'avait pas été recalé lors de son examen d'entrée à l'académie des beaux-arts de Vienne, et s'il avait pu s'épanouir comme peintre, que se serait-il passé ? Aurions-nous subi cette guerre atroce ? Le peuple juif aurait-il tant souffert ? Aurions-nous pu éviter ces millions de morts ? Qui aurait alors été celui qui reste dans les mémoires un dictateur sanguinaire ?

Voilà le thème qu'explore Éric-Emmanuel Schmitt dans son roman *La Part de l'autre*. En entremêlant une biographie d'Adolf Hitler et une histoire fictive, il tente de montrer quelles conséquences peut avoir le célèbre « effet papillon », quel peut être l'impact des choix ainsi que celui de l'interprétation des faits et des circonstances sur notre avenir.

RÉSUMÉ

La Part de l'autre présente ce qu'aurait pu être la vie d'Hitler s'il n'avait pas été refusé à l'académie des beaux-arts de Vienne. Le roman fait s'entremêler la réalité historique – en nous montrant la naissance du bourreau A. Hitler – à la vie fictive d'Adolf H.

LA VIE RÉELLE D'A. HITLER

Hitler échoue au test d'entrée de l'académie des beaux-arts de Vienne. Il se sent incompris et passe ses journées à rêvasser au tableau qu'il réalisera peut-être un jour. Il loge dans la pension de Wetti, une femme à qui il ment en affirmant qu'il est étudiant à l'académie.

Il rencontre Fritz Walter, un marchand d'art qui désire exposer ses toiles. Celui-ci prend ses tableaux chaque semaine, à une seule condition : le peintre ne doit pas se rendre dans la galerie. Cependant, un mercredi, alors que les deux hommes ont rendez-vous, Fritz n'arrive pas. Hitler se rend donc à la galerie et découvre la supercherie : aucune de ses toiles ne s'y trouve. Il comprend que c'est Gerhard Walter qui dirige la galerie, et non Fritz. En réalité, ce dernier, dont le vrai nom est Reinhold Hanisch, vend les « décalcomanies » (p. 112) d'Hitler aux touristes dans la rue. Ses illusions s'envolent. Peu de temps après, Wetti découvre son mensonge et met Hitler dehors.

Quelque temps plus tard, il assiste à une représentation de l'opéra *Rienzi* de Wagner (compositeur et dramaturge allemand, 1813-1883) qui lui inspire l'idée de l'unification du peuple autour d'un leadeur charismatique. Il s'approprie les idées vantant la supériorité de l'Allemagne et la chasteté. Toutefois, il ne s'investit pas encore en politique, car il n'en comprend pas encore toutes les nuances – et notamment le développement d'une tendance antisémite. De plus, il ne possède aucune éloquence.

En 1914, quand la guerre éclate, Hitler s'enrôle dans l'armée allemande. Il y obéit à l'adjudant Gutmann, un homme juif qu'il admire. Le jeune homme échappe miraculeusement à la boucherie. Il développe ainsi son sentiment d'être supérieur et protégé par la Providence. Il adore la guerre et son organisation si rigide : elle le révèle à lui-même.

En 1918, il est intoxiqué par un gaz qui attaque ses yeux. À l'hôpital, quand on lui annonce la reddition de l'Allemagne, Hitler s'indigne, et sa cécité, presque guérie, réapparait. Le Dʳ Forster le soigne par hypnose, et il recouvre la vue. Désirant à tout prix trouver une explication à la défaite, il se dit que, si la guerre a été perdue, c'est à cause des Juifs qui étaient aux commandes – à l'instar de son adjudant Gutmann : il adhère alors à l'antisémitisme. Rétabli, il suit une formation à la propagande. Sa haine envers les Juifs lui donne le don d'éloquence.

Peu à peu, Hitler se lance en politique et devient chef du NSDAP (Parti national socialiste des travailleurs allemands, surnommé « parti nazi »). En 1923, il réalise un coup d'État, mais il est trahi le lendemain. Il pense alors au suicide, puis renonce. C'est en prison qu'il construit alors son personnage et écrit un livre (*Mein Kampf*, 1923-1924) dans lequel il explique que certains défauts sont inhérents à une race et que, par conséquent, il faut l'éradiquer pour éliminer ces vices.

À sa libération, il rencontre Mimi. Il éprouve un réel bienêtre dans la chasteté et, pour éviter les relations sexuelles, évoque un mariage. Mais il laisse Mimi sans nouvelles, ce qui la pousse à faire une tentative de suicide. Hitler affirme alors que ses sentiments envers elle ne sont que paternels.

Il emménage ensuite avec sa jeune nièce, Geli. Si lui est heureux et veut l'épouser, elle se sent enfermée. Désespérée, elle se tire une balle dans la poitrine. Hitler, déprimé, pense que la Providence le veut chaste afin d'avoir l'Allemagne pour seul amour. Cependant, une autre femme du nom d'Eva Braun (photographe allemande, 1912-1945) vient le rejoindre de temps à autre. Hitler l'apprécie et la méprise à la fois, car elle lui a ôté sa virginité.

Grâce à son éloquence, Hitler devient chancelier, c'est-à-dire chef du gouvernement allemand. Forster, le médecin qui l'avait guéri sous hypnose, veut dévoiler son dossier psychiatrique. Mais, poursuivi, il est poussé au suicide. Pourtant, l'homme avait vu juste. Peu à peu, Hitler organise ses conquêtes, élimine ses opposants, conquiert l'Autriche sans opposition et savoure son retour à Vienne. En 1938, au terme des accords de Munich (signés pour mettre un terme à la crise germano-tchèque par la France, la Grande-Bretagne, l'Allemagne et l'Italie), il n'obtient qu'une partie de la Tchécoslovaquie.

Le 1er septembre 1939, il attaque la Pologne. L'Ouest réagit et lui déclare la guerre. Hitler échappe à une tentative d'assassinat, ce qui le confronte dans son idée : la Providence est bel et bien avec lui. Il prend ensuite la France et attaque la Russie. Sa guerre devient mondiale et s'enlise. Il envisage alors la perspective de la défaite, décide d'intensifier l'extermination des Juifs et s'enferme dans un bunkeur. Les Russes arrivent à Berlin, et les Alliés gagnent du terrain à l'Ouest. Hitler ne veut pas capituler, mais plus personne ne le soutient. Avant de se suicider, il réécoute *Rienzi*.

Fin 1945, on découvre les camps de concentration. En 1948, Israël, nouvel État juif en Palestine, est créé. Commence ensuite la guerre froide (1945-1990).

LA VIE FICTIVE D'ADOLF H.

Adolf est admis à l'académie. Lorsqu'une femme se dévêt au cours de nu, il s'évanouit. Il consulte alors son médecin, M. Bloch, qui l'emmène chez un spécialiste, M. Freud. Adolf est décontenancé : il doit raconter ses souvenirs et non se déshabiller pour l'auscultation. Il évoque alors son amour pour sa mère et la haine qu'il éprouve contre son père. Depuis la mort de ce dernier, il ne rêve plus. Freud lui explique qu'il souffre du complexe d'Œdipe – attachement qui lie l'enfant au parent du sexe opposé, doublé du ressenti négatif que l'enfant éprouve envers le parent du même sexe – et lui dit de ne pas culpabiliser pour la mort de ses parents.

Pour s'assurer de sa guérison, Adolf contacte le modèle du cours de nu. Après l'avoir poussé dans les bras de Dora, celui-ci propose de lui apprendre comment rendre une femme heureuse. Cependant, les tentatives du jeune homme pour la faire jouir échouent. Puisqu'elle refuse de lui dire son nom, il l'appelle Stella, nom de l'hôtel où ils se retrouvent.

Après maintes réflexions, Adolf conclut que,

pour éprouver du plaisir, il faut du désir. Il transforme donc leurs rendez-vous et se fait désirer, arrivant en retard ou l'invitant à manger, par exemple. Ce n'est qu'à partir de ce moment qu'il parvient enfin à la faire jouir. Grâce à l'initiation au plaisir féminin, il s'ouvre aux autres. Mais Stella, promise à un banquier, met fin à leur relation. Adolf, abattu, se réfugie dans le travail. Un professeur le félicite : il s'exprime désormais par le dessin.

Lorsque la guerre survient, Adolf vit avec deux amis, Neumann et Bernstein. Il est envoyé au combat et est blessé. Plus tard, Bernstein l'est également et succombe à ses blessures. Lors de son hospitalisation, il fait une rencontre marquante, celle de sœur Lucie. Sentant la fin approcher, Adolf la supplie de passer la nuit à ses côtés, ce qui le guérit. De là nait une amitié forte.

Une nuit, guidé par son inconscient, Adolf compose un tableau étrange et troublant. Il s'agit de son interprétation de la guerre. Il part ensuite à Paris avec Neumann, où tous deux rencontrent « Onze-heures-trente », appelée de la sorte parce qu'elle se réveille tous les jours à la même heure. Elle se présente à Adolf comme la femme de sa vie. Ils tombent follement amoureux l'un de l'autre. Elle peint des éventails qu'elle arrive à vendre, alors qu'Adolf ne parvient pas à vivre de son art et doute de lui. Il semble ne pas convenir à son époque, ne se retrouvant dans aucun courant artistique.

Un jour, André Breton (écrivain français, 1896-1966), chef de file du surréalisme, l'invite à rejoindre ce mouvement. La célébrité arrive enfin, mais Adolf la vit mal et s'enferme dans le travail. Par conséquent, il est moins présent pour Onze-heures-trente qui, pour le rendre jaloux, lui fait croire qu'elle a un amant. Lors d'un bal, il rencontre une Juive allemande, Sarah Rubinstein, qui devient sa maitresse.

Cinq mois plus tard, Onze-heures-trente demande à Adolf de choisir entre Sarah et elle. Il quitte donc Sarah, mais le bonheur du couple ne dure pas : alors qu'ils cherchent à avoir un enfant, Onze-heures-trente tombe malade. Lors de ses dernières heures, Adolf court chez son amant, qui avoue qu'il n'a jamais eu de relation avec la jeune femme : ainsi, il découvre qu'il s'agissait d'un stratagème pour le rendre jaloux. De son côté, Onze-heures-trente, se sachant malade, avait contacté Sarah pour qu'Adolf ne soit pas totalement abattu après son décès.

Quelque temps plus tard, Adolf est devenu enseignant à Berlin. Il a deux enfants avec Sarah, Sophie et Rembrandt. Pendant une guerre éclair contre la Pologne, Adolf reprend les pinceaux. Heinrich devient son étudiant préféré : il a décelé en lui un génie. Mais un soir, il le trouve au lit avec sa fille. Ébranlé, il écrit à sœur Lucie et discute avec Heinrich – qui ne comprend pas où est le mal, puisque Sophie était consentante. Le jeune homme s'enfuit le lendemain. Sœur Lucie répond à Adolf que nul ne fait le mal volontairement : celui qui agit mal n'a pas l'impression de le faire.

Peu après, le beau-père d'Adolf, qui revient de Palestine, où il a compris qu'il n'y aurait jamais d'État juif, décède. Adolf meurt quand le premier homme, un Allemand, marche sur la Lune.

ÉTUDE DES PERSONNAGES

Au départ, A. Hitler et Adolf H. ne sont qu'un seul et même personnage arrogant et solitaire qui a vécu une enfance difficile entre un père violent et une mère aimante. Cependant, ils évoluent de manière diamétralement opposée en fonction de leur admission, ou non, à l'académie des beaux-arts de Vienne. La présentation en alternance de leurs points de vue respectifs permet de cerner le fossé qui se creuse progressivement entre eux.

A. HITLER

A. Hitler est un personnage historique réel. Tout ce qu'Éric-Emmanuel Schmitt a écrit le concernant est le fruit d'une longue recherche. Il faut savoir que de nombreuses erreurs circulent au sujet de la vie du *Führer*, notamment l'idée selon laquelle son antisémitisme était en lui depuis le début. Hitler lui-même a essayé de le faire croire dans *Mein Kampf*, livre dans lequel il a romancé sa vie afin qu'elle concorde avec celle du grand chef d'État qu'il désirait devenir. En fait, il n'est devenu haineux envers les Juifs que lorsqu'il a cherché des responsables à la défaite de l'Allemagne en 1918.

Ce jeune homme développe à l'excès son arrogance et sa vanité. Persuadé qu'il est un artiste incompris, Hitler accentue ses défauts. Lui qui, à ses yeux, est exceptionnel, ne veut pas d'une vie ordinaire. Il se considère comme pur et voit d'ailleurs la chasteté comme une qualité – celle-ci le met mal à l'aise, mais, puisqu'il la voit comme une marque de pureté, il ne cherche pas à s'en défaire. Petit et fade, il se fond dans la masse, de sorte qu'à ses yeux, ce corps impur n'est pas à la mesure de son âme grandiose.

Hitler adore la guerre ; il est impressionné par cette organisation si rigide. Droit et ferme, il ne plie jamais. Son systématisme et son absence de nuance ont donné lieu à des dérives extrêmes telles que la construction des camps de concentration. Froid et distant, il est incapable d'exprimer ses sentiments. Il parle avec un ton rude, militaire, même quand il s'agit d'exprimer des émotions. Il ne sait parler avec éloquence que des sentiments négatifs. Évoquer habilement le bonheur lui est impossible, peut-être parce que son propre bonheur est toujours superficiel, inabouti – il n'a jamais connu de passion et n'éprouve de tendresse que pour ses chiens.

Tout ce qui lui importe, c'est la réalisation de son idéal de grandeur pour l'Allemagne. Cette quête se dirige contre les Juifs lorsqu'il croit découvrir leur implication dans la défaite de l'Allemagne en 1914-1918 ainsi que dans l'appauvrissement du pays. Très tôt, il est prêt à tout pour atteindre son objectif, d'autant qu'il se découvre un talent d'orateur dès que la colère le gagne et que son discours s'oriente contre autrui.

Il ne doute pas ; il est sûr que la Providence est avec lui, puisqu'il échappe à tout ce qui pourrait le tuer. Il se met parfois dans des colères noires et excessives, dont il situe les causes dans la bêtise d'autrui, puisque lui est supérieur, au-dessus de la mêlée. On ne peut pas vraiment dire qu'il est fou ; il a sa logique propre.

ADOLF H.

Adolf H., quant à lui, est un personnage fictif élaboré entièrement par Éric-Emmanuel Schmitt.

L'auteur a décidé de le construire comme un miroir d'A. Hitler qui reflèterait exactement l'inverse de ce qu'était le dictateur. Si, au départ, son arrogance atteint son paroxysme avec son admission à l'académie des beaux-arts de Vienne, elle décroit très vite. En effet, dès qu'il est confronté à la nudité, il se rend compte de sa faiblesse. Grâce au diagnostic de Freud, Adolf se construit différemment d'Hitler, puisqu'il guérit de ses problèmes liés aux femmes.

Alors qu'il avait jusque-là vécu isolé, il noue des amitiés fortes et s'initie à l'amour. Cela lui insuffle une certaine humilité et lui procure un regard différent sur les choses : il s'exprime enfin dans la peinture. Grâce à la sexualité, il devient sensible. Quand il apprend que sa compagne le trompe ou que son étudiant préféré couche avec sa fille de 13 ans, il est ébranlé, ému et choqué, car c'est un être capable de sentiments et de passions.

Son point de vue sur la guerre est donc complète-ment différent de celui de son double historique : il a peur de la mort, et la guerre ne lui inspire que l'horreur. Là où Hitler se politise, Adolf s'éloigne de toute préoccupation politique. Altruiste, il n'est pas haineux envers l'ennemi et ne tue que pour sauver sa peau. La fin de la guerre est pour lui une libération, car sa sensibilité a été mise entre parenthèses pendant ces années de tranchées.

Lui qui, au début, était si sûr de son art, si persuadé de son talent, en doute après la guerre. Le succès ne vient pas, et il a peur de ne pas être réellement doué. Aussi, lorsque la reconnaissance arrive enfin, elle le bouleverse : il a l'impression qu'il ne mérite pas toute cette attention. De plus, il développe une réflexion critique sur la renommée : il remarque que le succès tient à peu de choses, pas simplement au talent. Un jour adulé, le lendemain oublié, il traverse des étapes douloureuses, mais en sort la tête haute, grâce à son humilité. Le doute est ce qui fait de lui un être sensible et raisonné, comme le souligne sœur Lucie : « Un homme certain, c'est un homme armé. [...] Il tue le doute. Sa persuasion lui donne le pouvoir de nier sans débat ni regret. » (p. 460)

L'ENTOURAGE D'A. HITLER

Les personnes qui gravitent autour du (futur) dictateur se divisent en deux catégories. Elles ont soit peur de lui, soit lui sont entièrement soumises et lui vouent une admiration sans bornes, à l'instar de Joseph Goebbels (homme politique allemand, en charge de la propagande et de l'information sous le IIIe Reich) qui « [dans] son idolâtrie [avait] prénommé ses enfants Helga, Hilde, Hellmut, Holde, Hedda et Heide, afin d'illustrer par six fois l'initiale vénérée d'Hitler » (p. 435).

En particulier, l'entourage féminin d'Hitler n'est composé que de femmes soumises qui l'idolâtrent : il s'agit tour à tour de Wetti, Mimi, Geli, puis Eva Braun. Aux yeux de la première, déjà, Hitler apparait comme « un génie » (p. 97). Ainsi, les quatre jeunes femmes sont « émerveillée[s] » (p. 310) par la « vedette politique » (*ibid.*) et lui« montr[ent] la tendresse indéfectible d'un chien » (p. 361).

Hitler encourage ce comportement d'asservissement, l'impose et le provoque : il a d'ailleurs remarqué que « moins il donn[e], plus elle[s] se dépens[ent] pour lui » (p. 96). Il rabaisse donc constamment les femmes qui rythment sa vie, les poussant à une tristesse profonde, voire au suicide.

Les relations d'A. Hitler sont toujours faussées par ses propres mensonges, l'admiration qu'il suscite et son dédain assumé pour « les simples mortels » (p. 360). À travers les femmes, en particulier, c'est toujours sa propre supériorité qu'il aime, et non l'autre.

L'ENTOURAGE D'ADOLF H.

Quant à Adolf H., suite à ses entrevues avec le docteur Freud, il parvient à nouer de vraies relations, qu'elles soient amicales ou amoureuses.

Ainsi, il s'ouvre à l'autre et développe une amitié qui résiste à la guerre et à ses bassesses avec Neumann et Bernstein, ses deux compères de l'académie des beaux-arts de Vienne, mais également avec sœur Lucie, son infirmière durant la guerre. À l'instar de ses trois relations, Adolf prouve que la véritable amitié trouve son épanouissement dans l'acception des différences. Elle « suppose [donc] qu'on s'aime pour ce qu'on a de différent non pour ce qu'on a de commun » (p. 155), tandis que « la camaraderie n'est que le partage d'une situation commune » (*ibid.*).

La vérité des sentiments amicaux se traduit aussi

en amour chez Adolf H. Après son premier émoi sexuel avec Dora, ses expériences suivantes occupent une réelle place dans sa vie. Adolf a ainsi connu trois grandes histoires avec les femmes.

- La première, Stella, lui a appris à rendre une femme heureuse et, par là même, à se soucier de l'autre en amour.
- « Onze » a été son coup de foudre : ils se sont « reconn[us] » (p. 265). Leur amour a surgi de nulle part, sincère et insouciant, comme une « évidence » (p. 267). À travers cette relation, Adolf s'est découvert jaloux.
- Sa jalousie l'a poussé, sans le savoir, dans les bras de la troisième et dernière femme de sa vie, celle avec qui il aura deux enfants et fera le choix du « bonheur » (p. 375), Sarah.

L'entourage d'A. Hitler n'aurait pas pu être celui d'Adolf H., et inversement. Dès lors, chacun d'entre eux nous renseigne un peu plus sur les deux versants – historique et fictif – de la personnalité d'Adolf Hitler.

CLÉS DE LECTURE

LA QUESTION DU GENRE

Un roman biographique ?

Dans *La Part de l'autre*, l'auteur s'essaie à l'exercice parfois délicat de la biographie, comprise comme « le genre consacré à retracer des vies authentiques, dans des récits dont le sujet et l'auteur ne se confondent pas » (DIAZ J.-L., « Biographie, biographique », in ARON P., SAINT-JACQUES D. et VIALA A. (dir.), *Le dictionnaire du littéraire*, Paris, Presses universitaires de France, 2002, p. 58). En effet, il s'agit ici d'écrire la vie d'une personne célèbre qui n'est autre qu'Adolf Hitler, le *Führer* allemand.

Éric-Emmanuel Schmitt s'est attelé à un travail régulier et de longue haleine pour coller au plus près à la vérité des faits grâce à la lecture de nombreux témoignages et ouvrages, dont *Mein Kampf*, le livre rédigé par Hitler lui-même, dans lequel il expose sa vision pour l'Allemagne. Le romancier confie : « Chaque soir, je me livre au même rituel. Après avoir travaillé sur mes documents pendant des heures, je finis toujours la séance en prenant une biographie, n'importe laquelle, chaque fois différente. » (Dossier complémentaire « Journal de *La Part de l'autre* », p. 479-480) Les passages consacrés à A. Hitler racontent donc bien fidèlement la vie du dictateur allemand, à commencer par sa non-admission à l'académie des beaux-arts de Vienne.

Sans bruler les étapes, la vie du *Führer* se déroule sous les yeux du lecteur qui découvre sa vie d'orphelin, ses mensonges, son installation en pension, ses petits boulots – dont celui de « gâcheur de mortier » (p. 32) sur un chantier viennois – et son engagement dans l'armée allemande après qu'il est parvenu à être « réformé [par l'armée autrichienne] pour faible constitution physique » (p. 163). Après la Première Guerre mondiale (1914-1918), le changement s'opère dans le chef d'Hitler qui rejette le poids de la défaite sur les épaules du peuple juif. À partir de là, le lecteur découvre l'entrée en politique du futur *Führer* et ses relations avec ses collaborateurs ainsi qu'avec les femmes.

Toutefois, en parallèle, le lecteur suit aussi l'évolution d'Adolf H., l'alter ego fictif d'A. Hitler, qui a quant à lui été admis à l'académie. Les premières lignes révèlent des traits de personnalité semblables chez les deux hommes, dont l'enfance a été identique. Ici, l'auteur insère encore des pans biographiques qui lient définitivement les deux hommes – le lecteur en apprend plus sur l'enfance d'Hitler lors de la consultation d'Adolf chez Freud.

Mais au fur et à mesure, la fiction reprend ses droits et leurs chemins se séparent, avec comme premier point de rupture l'admission d'Adolf H. aux beaux-arts de Vienne. Et même si leurs implications respectives dans le conflit de 1914-1918 les rapprochent à nouveau, ce n'est que momentanément, car les deux protagonistes n'ont d'ores et déjà plus la même vision du monde. Ainsi nait Adolf H. sous la plume de Schmitt, un personnage fictif pourtant bien ancré dans le XXe siècle.

Un roman historique ?

Avec *La Part de l'autre*, Éric-Emmanuel Schmitt s'est plongé dans l'histoire troublée du XXe siècle. Le roman regorge d'allusions voire de références précises à divers évènements qui ont ponctué cette période historique. Parmi ces évènements, certains sont liés avec les deux personnages principaux.

- **La Première Guerre mondiale.** Début 1900, « l'Empire [austro-hongrois] craquait de toutes parts. Les tensions [...] entre les Slaves et les Autrichiens devenaient intolérables » (p. 153). La situation n'attendait qu'une étincelle pour s'embraser : « La foudre [tomba] le 28 juin 1914 [avec l'assassinat de] l'archiduc François-Ferdinand » (*ibid.*) de Habsbourg (1863-1914), héritier de l'Empire austro-hongrois. L'année 1914 marque donc une prise d'armes qui se préparait depuis quelque temps. La France, l'Angleterre et la Russie s'allient face à l'Allemagne, soutien indéfectible de l'Autriche-Hongrie. Ce conflit est le premier d'une telle ampleur et avec de tels moyens techniques. Il s'agit en effet d'une guerre des tranchées : l'avancement des combats est insignifiant, les armées s'enlisent dans des excavations.
- **L'essor de la psychanalyse.** Élaborée par Sigmund Freud, la psychanalyse est une

« méthode d'investigation visant à élucider la signification inconsciente des conduites » (« Psychanalyse », in *larousse.fr*). Alors que les recherches de Freud ont commencé dès la fin du XIXe siècle, elles se font connaitre au début du siècle suivant, en particulier dans un cercle de médecins qui se forment autour de lui. Ainsi, le docteur Bloch obtient un rendez-vous à Adolf H. auprès du spécialiste « qui méritait les égards et les éloges » (p. 44) du médecin de famille. De son côté, le docteur Forster diagnostique « une cécité d'origine hystérique » (p. 238) à Hitler, en suivant les « nouvelles méthodes d'investigations mises au point par le docteur Freud » (p. 234). Ces dernières n'en sont plus à leurs balbutiements, puisque leur renommée se développe déjà auprès des non-spécialistes. Ainsi les étudiants Neumann et Bernstein ont une discussion animée à propos du « plus grand génie de [leur] époque » (p. 69). Appréhendés selon deux points de vue divergents, ces faits permettent au lecteur de nuancer sa propre perception des évènements historiques. Par exemple, alors qu'A. Hitler « [admire] la vie du camp » (p. 180) et son organisation, Adolf H. souligne quant à lui la pagaille qui règne et les ordres qui fusent de tous côtés. D'autres évènements ne concernent que l'un des deux protagonistes. Cela se produit lorsque les deux personnalités et les chemins qu'elles empruntent sont clairement et distinctement définis. Ainsi,c'est éclairé par sa seule connaissance d'A. Hitler et d'Adolf H. que le lecteur appréhende ces évènements livrés sous un point de vue unique.

- **La Seconde Guerre mondiale (1939-1945) et l'extermination des Juifs.** Alors que les deux personnages principaux du roman sont soldats durant le conflit précédent, seul A. Hitler connait la Seconde Guerre mondiale – et pour cause, il en est à l'origine. Il s'est en effet rendu compte qu'il « adorait [...] la guerre [qui] était devenue sa religion, [qui] l'avait révélé à lui-même » (p. 217) lors du premier conflit mondial. Très vite, Hitler a ressenti le « besoin d'espace vital » (p. 297) pour étendre le territoire de l'Allemagne, celui qui lui revient de droit selon lui. Au fur et à mesure de la dictée de *Mein Kampf*, il conçoit également l'idée d'une « médecine humanitaire » (*ibid.*) qui permettrait de « redresser la nation allemande [...] en la traitant en éleveur, en considérant la pureté de la race » (p. 296). Pour ce faire, il faut « soigner la reproduction de la race [...], supprimer les éléments étrangers sans se laisser attendrir [et] stériliser d'urgence [les êtres misérables, infirmes, handicapés ou débiles] » (p. 297). Ainsi, Hitler a pour l'Allemagne de grands projets qu'il organise comme un programme, dont « la deuxième partie [serait de] se débarrasser des Juifs » (*ibid.*). Le projet de guerre et d'extermination est donc déjà muri dans l'esprit du dictateur avant même son élection, mais c'est « pendant l'hiver 41-42 » (p. 410), alors que les États-Unis entrent dans le conflit, que le *Fürher* décide d'intensifier la deuxième partie de son programme concernant les Juifs : l'« anéantissement, anéantissement total [dans] le plus grand secret » (p. 415-416).

- **La création de l'État d'Israël et la guerre froide.** Une fois la fin des combats déclarée, le monde entier découvre « les charniers d'Auschwitz, Dachau, Buchenwald » (p. 464) dans lesquels « six millions [...] de Juifs [...] furent assassinés » (*ibid.*). Cette découverte bouleverse l'opinion internationale. L'Organisation des Nations Unies, nouvellement constituée pour assurer la paix sur la planète, écoute les revendications sionistes et préconise le partage de la Palestine. Le 14 mai 1948 correspond à la proclamation de la naissance d'Israël, le nouvel État juif. Dans un même temps, une autre guerre commence : la guerre froide. Au nom de la guerre menée contre l'Allemagne sur le front oriental, « l'URSS [...] revendique, face aux États-Unis, la gestion totale du bloc de l'Est » (p. 466). L'Allemagne est ainsi séparée en deux par un mur. La Russie communiste désire la nationalisation des moyens de production. Elle fait des émules, notamment la Chine, et « beaucoup de pays d'Europe centrale se transforment en satellites bolcheviques » (*ibid.*). Dès lors, les États-Unis capitalistes, prônant la privatisation des moyens de production, entendent lutter contre le communisme et son expansion. La guerre froide prend officiellement fin en 1991 avec la chute de l'URSS.

- **Le surréalisme.** Apparu après la Première Guerre mondiale, le surréalisme est « un mouvement d'avant-garde littéraire et artistique [qui] a rassemblé des écrivains et des artistes désireux de rompre avec le rationalisme jugé réducteur » (DENIS B., « Surréalisme », in *Le dic-*

tionnaire du littéraire, p. 578). Le mouvement prend sa source au sortir de la Grande Guerre comme une réaction face au traumatisme de celle-ci. Il s'organise autour d'un groupe composé de Louis Aragon (poète et écrivain français, 1897-1982), Philippe Soupault (poète français, 1897-1990) et André Breton (poète et écrivain français, 1896-1966), qui se présente à Adolf H. comme « le chef du mouvement surréaliste » (p. 293).

Le roman d'Éric-Emmanuel Schmitt fourmille d'informations historiques précises, notamment à propos de la Seconde Guerre mondiale et de la vie d'A. Hitler. Des précisions qui rattachent *La Part de l'autre* au genre du roman historique, en ce sens qu'il prend pour toile de fond une large période de l'Histoire, tout en y mêlant des évènements et des personnages fictifs.

UNE CERTAINE CONCEPTION DE L'HISTOIRE

La part des circonstances

Dans ce roman, Éric-Emmanuel Schmitt se frotte à un sujet intéressant : la dualité présente en chacun de nous. La théorie qu'il soutient, c'est que tout le monde a en lui une part mauvaise, un côté obscur qui est l'une de nos réalisations possibles. Dès lors, selon lui, notre erreur est de présenter Hitler comme un monstre exception-nel, alors qu'en réalité c'est un homme banal. Les erreurs historiques commises à son sujet ont d'ailleurs souvent une origine commune : la vo-lonté de montrer qu'il était différent du commun des mortels – cela rassure de penser que jamais quelqu'un ne deviendra comme lui, mais c'est une illusion.

Pour Éric Emmanuel Schmitt, Hitler a été victime des circonstances et de son analyse de celles-ci. Il aurait pu penser que son échec à l'examen d'en-trée était dû à un manque de travail et se remettre en question, mais il a préféré croire qu'il était un génie non reconnu. La rencontre qu'invente Éric-Emmanuel Schmitt entre Adolf H. et Freud tend à montrer que l'avenir est une histoire de choix et d'interprétation des évènements. Il est possible de guérir des traumatismes de l'enfance, et c'est d'ailleurs ce qui arrive à Adolf H.

L'auteur décrit donc les deux personnages finaux comme étant complètement opposés, non pas par essence, mais en raison de leurs choix. À travers le double portrait d'Hitler, ce roman amène donc chacun à se poser des questions sur ses décisions : qu'est-ce qui décide de notre vie ? Est-ce vraiment nous qui la maitrisons ? Qu'est-ce qui est réellement important ? Quel impact ont nos actes ? Que se serait-il passé si j'avais fait d'autres études ou déménagé dans un autre pays ?

La part du doute

En filigrane, de la même qu'il pose les fondements d'une critique de l'historiographie, Éric-Emmanuel Schmitt amorce une réflexion critique sur le travail des historiographes de l'art. De fait, dans ce roman, on remarque que le succès d'Adolf H. est lié à des évènements plus qu'à la qualité de sa peinture. Quand le cubisme et le fauvisme sont à la mode, Adolf a du mal à joindre les deux bouts ; une fois que le surréalisme est mis sur le devant de la scène, il vit dans une grande demeure avec des domestiques. En définitive, la renommée s'accroit et décroit indépendamment des qualités de l'œuvre. Elle est présentée comme un leurre : pourquoi m'admire-t-on aujourd'hui, mais ni hier ni demain ? Pourquoi mon talent n'est-il pas reconnu ? Pourquoi ces allers-retours entre l'ombre et la lumière ?

Ce faisant, Éric-Emmanuel Schmitt réintroduit la question du doute, en histoire comme en art. Un doute qui d'ailleurs, à sa façon, détermine et façonne aussi l'Histoire à l'échelle des individus. En effet, c'est depuis qu'Adolf H. a pris en compte l'autre à travers son éducation sexuelle, qu'il n'est plus si sûr de lui, plus si arrogant. Éric-Emmanuel Schmitt nous présente le doute comme un élément constitutif de l'humilité, nécessaire pour éprouver des sentiments forts. C'est presque dangereux de tuer le doute et d'être constamment certain de ce qui est bien pour soi et pour les autres. En effet, c'est l'absence d'incertitude qui a contribué à construire un personnage droit et excessif comme A. Hitler.

Le point de vue des bourreaux

Aujourd'hui, des ouvrages liés à la Seconde Guerre mondiale sortent régulièrement. Beaucoup se penchent sur les victimes de la Shoah, mais peu exposent le point de vue des bourreaux comme l'ont fait, entre autres, Éric-Emmanuel Schmitt,

Robert Merle (écrivain français, 1908-2004) avec *La mort est mon métier* (1952) et, récemment, Jonathan Littell (écrivain franco-américain, né en 1967) avec *Les Bienveillantes* (2006). Ces derniers livres ont souvent créé la polémique. Cependant, si ces auteurs ont eu le courage et l'audace d'aborder le sujet selon un angle différent, ce n'est pas tellement pour la mémoire collective, mais plutôt pour essayer de comprendre la logique d'hommes comme Hitler.

Quoi qu'on en dise, Adolf Hitler est encore un sujet tabou 60 ans après sa mort. Lorsque *La Part de l'autre* est paru, beaucoup se sont demandé à quoi jouait Éric-Emmanuel Schmitt. Se mettre dans la peau d'un tel dictateur n'est-il pas fou ? Or on peut écrire sur des individus qu'on déteste, non pour justifier leurs actes, mais pour tenter de les comprendre : ce sont des personnages fascinants à propos desquels il faut réfléchir et parler pour pouvoir décrypter les mécanismes qui les ont rendus tels qu'ils ont été.

Aux yeux de l'auteur, c'est une étape nécessaire que d'humaniser Hitler pour que les générations futures n'oublient pas l'horreur qu'il a mise en place et évitent de la reproduire. Les romans traitant de la Shoah et d'Hitler, quel que soit leur point de vue, suscitent le débat : peut-on écrire sur tous les sujets ? Doit-on parler de tout ? Y a-t-il encore des tabous à l'heure actuelle et ont-ils encore une raison d'être ?

LA PART DU STYLE ET DE L'ÉCRITURE

Dans son roman, Éric-Emmanuel Schmitt s'applique à développer l'évolution de deux vies en parallèle : celles d'A. Hitler et d'Adolf H. Les deux hommes, qui vont prendre des chemins diamétralement opposés, partagent pourtant une enfance commune. Aussi, dans la première partie du livre, intitulée « La minute qui a changé le cours du monde... », Hitler et Adolf semblent plus que jamais liés. Le romancier parvient principalement à renforcer et maintenir ce lien grâce à deux moyens d'écriture : l'alternance et l'évolution des tons.

L'alternance

La Part de l'autre s'organise autour d'un aller-retour incessant entre les deux protagonistes principaux. Seul un saut de ligne marque sur le papier le passage d'un récit à l'autre.

Tantôt, ces vies s'entrecroisent et, par exemple, Neumann, ami proche d'Adolf H., rencontre également A. Hitler : « Neumann, peintre juif, [et] Hitler [...] passèrent des heures entières à parler d'art ensemble. » (p. 149)

Ce processus déroute initialement le lecteur, qui s'interroge sur cette narration alternée : Adolf H. et A. Hitler vivent-ils en même temps ? Risquent-ils de se croiser ? De telles questions surgissent à la faveur d'une évolution chronologique linéaire des évènements. En effet, le passage d'un récit à l'autre ne rompt jamais le cours du temps : l'alternance des récits d'A. Hitler et d'Adolf H. ménage des ellipses dans la vie de l'un lorsque celle de l'autre est contée. Mais au fil de la lecture, une certitude survient : les deux personnages évoluent dans deux réalités, deux mondes différents : le passé historique pour l'un, une fiction du passé pour l'autre.

L'évolution des tons

À travers son usage des tons, l'auteur signifie d'autant plus la désagrégation progressive de ce lien. En effet, dans un premier temps, les deux hommes partagent un vocabulaire militaire et violent, que le narrateur prend en charge dans son propre discours. Ainsi, tandis que le refus de l'académie des beaux-arts de Vienne est ressenti comme une « déflagration qui trouait l'univers » (p. 9) par A. Hitler, Adolf H. perçoit son admission comme une victoire qui va faire taire ses détracteurs par des « missives [qui] seraient autant d'armes destinées à blesser tous ceux qui n'avaient pas su croire en lui » (p. 15).

Au fil des pages, le lecteur en vient d'ailleurs à se prendre de pitié pour le pathétique Hitler et à développer une aversion pour Adolf H. « qui se [prend] définitivement pour le centre du monde » (p. 16). Le second pourrait être le dictateur, car le premier ne semble pas en avoir l'étoffe... Mais pas à pas, les sentiments s'inversent, notamment suite à l'intervention de Freud, ravi d'« [assister] à la deuxième naissance d'[Adolf débarrassé du] spectre de ce qu'aurait pu être Adolf Hitler sans thérapie [...], un criminel peut-être » (p. 83). À partir de là, le ton d'Adolf change, et son vocabulaire s'enrichit (« Il avait aussi mesuré son indigence culturelle », p. 131), tandis que ceux d'Hitler se maintiennent, puis basculent dans l'expression guerrière, voire triviale.

Ainsi les raisonnements du second sont maintenant plus grossiers et limités (suite au suicide de Geli, sa « première pensée […] fut qu'on allait l'accuser de meurtre. La deuxième fut la colère devant cet acte stupide. La troisième fut de la peine » (p. 331-332), tandis qu'Adolf H., quant à lui, grandit et se bonifie au fil du roman : d'un vocabulaire militaire, il passe par une étape universitaire pour atteindre une expression plus poétique. Aussi, ses réflexions lui permettent-elles désormais de dresser le portrait de la guerre comme « la plus grande artiste de ce temps [qui invente] des raffinements pour ceux qu'elle ne tu[e] pas. Elle sculpt[e] comme un génie baroque, enlevant une jambe à celui-ci, deux à celui-là, un bras, un coude, variant la taille des moignons » (p. 206).

Par son écriture toute particulière et la structure qu'il impose à son récit, Schmitt parvient ainsi à lier ses deux personnages malgré leurs différences. Il force également le lecteur à s'interroger sur la part de mal qui vit en chacun de nous ou sur le poids des décisions. Le roman happe le lecteur sans lui laisser l'occasion d'une oisive lecture : la réflexion est inéluctable.

Avec *La Part de l'autre*, Éric-Emmanuel Schmitt confie avoir pris des risques avec un sujet « casse-gueule » (Dossier complémentaire, « Journal de *La Part de l'autre* », p. 501). Pourtant, il faut chercher à comprendre pour ne pas répéter l'Histoire ni « lui faire le procès qu'il fit lui-même aux Juifs » (p. 500). L'auteur veut emmener ses lecteurs dans « une réflexion parfois embarrassante [...]. Hitler est une vérité cachée au fond de nous-mêmes qui peut toujours resurgir » (p. 502-503). Ainsi ce roman est l'occasion de se poser à nouveau la question formulée lors d'une conférence en 1972 par Edward Lorenz (météorologue américain, 1917-2008) : « Le battement d'ailes d'un papillon au Brésil peut-il provoquer une tornade au Texas ? »

PISTES DE RÉFLEXION

QUELQUES QUESTIONS POUR APPROFONDIR SA RÉFLEXION...

- Expliquez le titre. Trouvez-en un autre qui aurait aussi pu convenir.
- Au début du roman, Éric-Emmanuel Schmitt fait se rencontrer Adolf H. et Sigmund Freud. En quoi cette rencontre est-elle intéressante ? Qu'est-ce que l'auteur souhaite démontrer grâce à elle ? Développez.
- En quoi la Première Guerre mondiale a-t-elle été déterminante à la fois pour Adolf H. et pour A. Hitler ?
- Dressez les portraits d'A. Hitler et d'Adolf H., expliquez leur évolution et en quoi ces personnages semblent caricaturaux. Que peut-on en déduire sur les objectifs de l'auteur ?
- Comment sont décrites leurs histoires d'amour respectives ? En quoi sont-elles révélatrices ?
- À la lecture du roman, que peut-on dire de l'antisémitisme d'A. Hitler ? Pourquoi est-ce choquant ?

- Quelle conception de l'art Éric-Emmanuel Schmitt développe-t-il à travers *La Part de l'autre* ? Cette conception est-elle originale ?
- Le roman *L'Ironie du sort* (1961) de Paul Guimard (écrivain et journaliste français, 1921-2004) expose aussi l'idée qu'un simple fait peut bouleverser une vie. Dans le traitement de cet « effet papillon », quelles sont les similitudes et les dissemblances entre les deux auteurs ?
- Charlie Chaplin (cinéaste et acteur britannique, 1889-1977) a tourné Hitler en dérision dans *Le Dictateur* (1940), tandis que film *La Chute* (2005) aborde les derniers jours d'Hitler dans son bunkeur. Mettez en parallèle ces deux manières d'aborder le personnage d'Hitler et comparez-les avec la méthode d'Éric-Emmanuel Schmitt.
- Certains furent choqués, à la parution de *La Part de l'autre*, par le fait qu'il soit possible de s'identifier à Hitler, un dictateur sanguinaire. Cette réaction est la preuve qu'Hitler, le nazisme et ses conséquences sont encore des sujets tabous aujourd'hui. Trouvez d'autres sujets qui, encore aujourd'hui, subissent une espèce de censure tacite et tentez d'en déceler les raisons.

Votre avis nous intéresse !
Laissez un commentaire sur le site de votre librairie en ligne
et partagez vos coups de cœur sur les réseaux sociaux !

POUR ALLER PLUS LOIN

ÉDITION DE RÉFÉRENCE

- SCHMITT É.-E., *La Part de l'autre*, Paris, Albin Michel, coll. « Le Livre de Poche », 2005.

ÉTUDES DE RÉFÉRENCE

- DIAZ J.-L., « Biographie, biographique », in ARON P., SAINT-JACQUES D. et VIALA A. (dir.), *Le dictionnaire du littéraire*, Paris, Presses universitaires de France, 2002, p. 58-59.
- DENIS B., « Surréalisme », in ARON P., SAINT-JACQUES D. et VIALA A. (dir.), *Le dictionnaire du littéraire*, Paris, Presses universitaires de France, 2002, p. 578-579.
- « Psychanalyse », in *larousse.fr*, consulté le 23 aout 2017. http://www.larousse.fr/encyclopedie/divers/psychanalyse/84050

SUR LEPETITLITTÉRAIRE.FR

- Fiche de lecture sur *La Femme au miroir* d'Éric-Emmanuel Schmitt.
- Fiche de lecture sur *La Nuit de feu*

d'Éric-Emmanuel Schmitt.

- Fiche de lecture sur *Monsieur Ibrahim et les Fleurs du Coran* d'Éric-Emmanuel Schmitt.
- Fiche de lecture sur *Odette Toulemonde et autres histoires* d'Éric-Emmanuel Schmitt.
- Fiche de lecture sur *Oscar et la Dame rose* d'Éric-Emmanuel Schmitt.
- Questionnaire de lecture sur *Odette Toulemonde et autres histoires*.

Retrouvez notre offre complète sur lePetitLittéraire.fr

- des fiches de lectures
- des commentaires littéraires
- des questionnaires de lecture
- des résumés

ANOUILH
- Antigone

AUSTEN
- Orgueil et Préjugés

BALZAC
- Eugénie Grandet
- Le Père Goriot
- Illusions perdues

BARJAVEL
- La Nuit des temps

BEAUMARCHAIS
- Le Mariage de Figaro

BECKETT
- En attendant Godot

BRETON
- Nadja

CAMUS
- La Peste
- Les Justes
- L'Étranger

CARRÈRE
- Limonov

CÉLINE
- Voyage au bout de la nuit

CERVANTÈS
- Don Quichotte de la Manche

CHATEAUBRIAND
- Mémoires d'outre-tombe

CHODERLOS DE LACLOS
- Les Liaisons dangereuses

CHRÉTIEN DE TROYES
- Yvain ou le Chevalier au lion

CHRISTIE
- Dix Petits Nègres

CLAUDEL
- La Petite Fille de Monsieur Linh
- Le Rapport de Brodeck

COELHO
- L'Alchimiste

CONAN DOYLE
- Le Chien des Baskerville

DAI SIJIE
- Balzac et la Petite Tailleuse chinoise

DE GAULLE
- Mémoires de guerre III. Le Salut. 1944-1946

DE VIGAN
- No et moi

DICKER
- La Vérité sur l'affaire Harry Quebert

DIDEROT
- Supplément au Voyage de Bougainville

DUMAS
- Les Trois Mousquetaires

ÉNARD
- Parlez-leur de batailles, de rois et d'éléphants

FERRARI
- Le Sermon sur la chute de Rome

FLAUBERT
- Madame Bovary

FRANK
- Journal d'Anne Frank

FRED VARGAS
- Pars vite et reviens tard

GARY
- La Vie devant soi

GAUDÉ
- La Mort du roi Tsongor
- Le Soleil des Scorta

GAUTIER
- La Morte amoureuse
- Le Capitaine Fracasse

GAVALDA
- 35 kilos d'espoir

GIDE
- Les Faux-Monnayeurs

GIONO
- Le Grand Troupeau
- Le Hussard sur le toit

GIRAUDOUX
- La guerre de Troie n'aura pas lieu

GOLDING
- Sa Majesté des Mouches

GRIMBERT
- Un secret

HEMINGWAY
- Le Vieil Homme et la Mer

HESSEL
- Indignez-vous !

HOMÈRE
- L'Odyssée

HUGO
- Le Dernier Jour d'un condamné
- Les Misérables
- Notre-Dame de Paris

HUXLEY
- Le Meilleur des mondes

IONESCO
- Rhinocéros
- La Cantatrice chauve

JARY
- Ubu roi

JENNI
- L'Art français de la guerre

JOFFO
- Un sac de billes

KAFKA
- La Métamorphose

KEROUAC
- Sur la route

KESSEL
- Le Lion

LARSSON
- Millenium 1. Les hommes qui n'aimaient pas les femmes

LE CLÉZIO
- Mondo

LEVI
- Si c'est un homme

LEVY
- Et si c'était vrai…

MAALOUF
- Léon l'Africain

MALRAUX
- La Condition humaine

MARIVAUX
- La Double Inconstance
- Le Jeu de l'amour et du hasard

MARTINEZ
- Du domaine des murmures

MAUPASSANT
- Boule de suif
- Le Horla
- Une vie

MAURIAC
- Le Nœud de vipères

MAURIAC
- Le Sagouin

MÉRIMÉE
- Tamango
- Colomba

MERLE
- La mort est mon métier

MOLIÈRE
- Le Misanthrope
- L'Avare
- Le Bourgeois gentilhomme

MONTAIGNE
- Essais

MORPURGO
- Le Roi Arthur

MUSSET
- Lorenzaccio

MUSSO
- Que serais-je sans toi ?

NOTHOMB
- Stupeur et Tremblements

ORWELL
- La Ferme des animaux
- 1984

PAGNOL
- La Gloire de mon père

PANCOL
- Les Yeux jaunes des crocodiles

PASCAL
- Pensées

PENNAC
- Au bonheur des ogres

POE
- La Chute de la maison Usher

PROUST
- Du côté de chez Swann

QUENEAU
- Zazie dans le métro

QUIGNARD
- Tous les matins du monde

RABELAIS
- Gargantua

RACINE
- Andromaque
- Britannicus
- Phèdre

ROUSSEAU
- Confessions

ROSTAND
- Cyrano de Bergerac

ROWLING
- Harry Potter à l'école des sorciers

SAINT-EXUPÉRY
- Le Petit Prince
- Vol de nuit

SARTRE
- Huis clos
- La Nausée
- Les Mouches

SCHLINK
- Le Liseur

SCHMITT
- La Part de l'autre
- Oscar et la
  Dame rose

SEPULVEDA
- Le Vieux qui
  lisait des romans
  d'amour

SHAKESPEARE
- Roméo et Juliette

SIMENON
- Le Chien jaune

STEEMAN
- L'Assassin
  habite au 21

STEINBECK
- Des souris et
  des hommes

STENDHAL
- Le Rouge et
  le Noir

STEVENSON
- L'Île au trésor

SÜSKIND
- Le Parfum

TOLSTOÏ
- Anna Karénine

TOURNIER
- Vendredi ou
  la Vie sauvage

TOUSSAINT
- Fuir

UHLMAN
- L'Ami retrouvé

VERNE
- Le Tour
  du monde
  en 80 jours
- Vingt mille
  lieues sous
  les mers
- Voyage au
  centre de
  la terre

VIAN
- L'Écume des jours

VOLTAIRE
- Candide

WELLS
- La Guerre des
  mondes

YOURCENAR
- Mémoires
  d'Hadrien

ZOLA
- Au bonheur
  des dames
- L'Assommoir
- Germinal

ZWEIG
- Le Joueur
  d'échecs

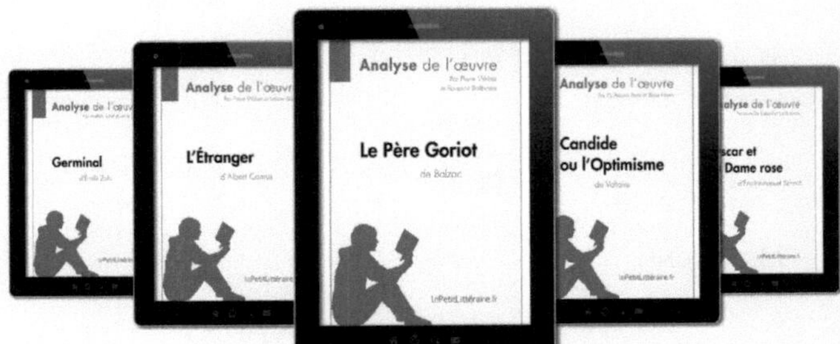

www.lepetitlitteraire.fr

ISBN version numérique : 978-2-8080-046-02
ISBN version papier : 978-2-8080-046-19
Dépôt légal : D/2017/12603/768

Avec la collaboration de Florence Balthasar pour l'étude des entourages d'A. Hitler et Adolf H., ainsi que pour les chapitres « La part de l'écriture et du style » et « La question du genre ».

Conception numérique : Primento,
le partenaire numérique des éditeurs.

Ce titre a été réalisé avec le soutien de la Fédération Wallonie-Bruxelles, Service général des Lettres et du Livre.